音乐古诗词
听赏读写唱

谱曲 演唱　婷婷姐姐
绘图　豆豆鱼绘制
编著　纸图经典

古诗来吟哞 上

河南文艺出版社
·郑州·

图书在版编目 (CIP) 数据

古诗哆来咪 / 纸图经典著 . —郑州：河南文艺出版社，
2020.6
ISBN 978-7-5559-0919-4

Ⅰ . ①古… Ⅱ . ①纸… Ⅲ . ①古典诗歌 – 中国 – 儿童
读物 Ⅳ . ① I222

中国版本图书馆 CIP 数据核字 (2020) 第 035295 号

策　　　划　刘运来工作室
学 术 顾 问　周正逵
责 任 编 辑　梁素娟
责 任 校 对　殷现堂
书 籍 设 计　王莉娟
产 品 经 理　康　震
责 任 印 制　陈少强

出 版 发 行　河南文艺出版社
社　　　址　郑州市郑东新区祥盛街 27 号 c 座 5 楼
邮 政 编 码　450018
售 书 热 线　0371-61659979
承 印 单 位　中华商务联合印刷（广东）有限公司
经 销 单 位　新华书店
纸 张 规 格　889 毫米 ×1194 毫米　1/24
总 印 张　12
总 字 数　140 000
版　　　次　2020 年 6 月第 1 版
印　　　次　2020 年 6 月第 1 次印刷
总 定 价　118.00 元

图书如有印装错误，请寄回印厂调换
印厂地址　广东省深圳市龙岗区平湖镇鹅公岭公岭春湖工业区中华商务印刷大厦
邮政编码　518111　　电话　0755-36802819

刘运来工作室出品

谱曲演唱
婷婷姐姐

6000万孩子都在听的"婷婷唱古文"创始人，儿童诗教开创者，"全球创新教育100强"。

学术顾问
周正逵

人教社课程教材研究所原研究员，人教社高中语文课本主编，教育部中小学语文课程标准核心组成员。

绘图
豆豆鱼绘制

豆豆鱼绘制工作室长期致力儿童图书的研发与创作，具有丰富的插图绘制经验。工作室所参与制作的图书长销不衰，并多次入选少儿图书热销榜。

特别感谢常佩雨教授对本书的认真审读

用古诗文哺育孩子茁壮成长

我是语文教育战线的一名老兵，在语文教育岗位上摸爬滚打六十多个年头。我经历过新中国成立以来三次重大的语文教育改革试验，参加过语文课程标准的制定，还先后参加过十余套中小学语文课本的编写，曾担任人教版重点高中语文实验教材主编，并主持语文教材改革试验工作二十多年。几十年的经验告诉我：要搞好语文教育，必须高度重视对孩子们的早期教育，一定要紧紧抓住学生学习语文的黄金时期。特别是小学阶段，必须扎扎实实地打好基础，否则后患无穷。

据《唐人说荟》一书记载：早在一千多年前的唐代，就有不少孩子"六岁能文"，这里所说的"能文"，指的是能用文言文写诗作文，就像大家所熟知的王勃那样。可见我们的祖宗是多么的聪明呀！他们的语文程度在历史上曾经达到多么高的水平呀！一千多年后的今天，中国已经跨入社会主义新时代，经济建设一日千里，科技发展日新月异，然而我们的孩子，从六七岁上小学，到十七八岁高中毕业，用十二年的时间，花费三千多个课时，来学习本国语文，结果大多数人的语文仍然过不了关，这是为什么？难道我们中华民族子孙的聪明智慧退化了吗？当然不是。那问题出在哪里了呢？

教育家明确指出：语文学习必须在小的时候（约十五岁之前）把基础打好，因为这个时期学生的记忆力最好，最适合学习语文，如能抓紧学习，可以事半功倍。相反，错过时机，就会事倍功半。

长期以来，我们语文教学的状况是：小学训练不扎实，初中问题一大堆，高中补救不见效，大学低能干着急。实际上，大学水平不高的根子在小学，小学水平不高的根子在教材内容贫乏，教法改革不力。

现在好了！在党中央提出要弘扬民族传统文化之后，语文教材的面貌也焕然一新，突出的表现之一，就是在教材中增加了大量的古诗文篇目。这些篇目都是从浩如烟海的经典作品中精选出来的，是我国古典文学的精华，也是我们民族文化的瑰宝。学好这些古诗文，不但能丰富知识，提高能力，而且能陶冶性情，提高品位。正如苏轼所言"腹有诗书气自华"。用这些古诗文哺育孩子，如同给他们服用一种多功能营养素，从小扎下民族优秀文化的根，帮助他们沿着正确的方向茁壮成长。

怎样才能让孩子们真正学好古诗文呢？首先要下功夫诵读，即用朗读的方法熟读课文，做到"使其言皆若出自吾之口，使其意皆若出自吾之心"。

为了帮助孩子们更好地学习古诗文，河南文艺出版社联手婷婷姐姐，打造了这套独具特色的书——《古诗哆来咪》。这本书声情并茂、图文兼备，开启了古诗词启蒙读本的新模式，让孩子们有音可听，有图可看，有曲可唱，有帖可摹，可以轻松愉快地走进古诗词的殿堂，去感受诗词的语言之美、韵律之美、形象之美和意境之美。

这是语文教育界的一大创举，也是热爱古诗词的孩子们的一大福音。相信这本书一定会受到孩子们的热烈欢迎。

周石连
二〇二〇年三月一日

我们每个人都有六个宝物

婷婷姐姐

山河大地，鸟语花香，飞禽走兽，风雨雷电，万事万物以灵动、变化、沉静、自然的样子，展现在我们面前，和我们做朋友。我们看到了、听到了、闻到了、尝到了、摸到了、感受到了大自然万物的色彩、声音、味道、形状、特点和情感。我们每天以内心为画板，以手为笔，以眼睛为颜料，以耳朵为乐器，以鼻子为香料，以嘴巴为通道，用想象力画出这天地，唱出共鸣的诗歌，增长对生命的见识。

借由诗教，我们心中有歌，胸中有志，让艺术和经典融合在一起，从生活中寻找生命的能量，滋润孩子们的心灵。父母在教育孩子的过程中找到快乐，发现幸福，只有这样才能让孩子真正自由地成长。这也是诗教本来的样子——思无邪。

婷婷诗教，一直坚持用融合的教育方法，把孩子们接触到的唱歌、舞蹈、作诗、画诗、表达和人格培养融合在一起。每周婷婷姐姐都会上线一首新的古诗文歌，孩子们在一周里学会唱诗，完成写诗和画诗，以培养孩子们学习的好习惯。到目前为止，最小的唱古文小朋友只有两岁半，最大的唱古文同学九十四岁高龄。

孩子们总是天真活泼的，最接近天地、自然的本性，对美好事物有天然的感知力和领悟力。古诗文是中国传统文化的精华，与启蒙阶段孩子的需求高度匹配，帮助他们挑选美好的、经典的、适合的诗教内容是我们家长要做的功课。

　　眼睛、鼻子、耳朵、嘴巴、心灵和身体是我们每个人的宝物，我们用它们去探索这个世界。家长们可以在陪伴孩子的时候，启发孩子们用感官去体验、去感受。当外界事物的变化和内心的体验，以及与生命的表达相连接，孩子们不知不觉中就形成了丰盈的内心世界。如果缺乏感受的连接，那么内心和外部世界就会割裂，外部之美也不能够触碰到孩子们的心，久而久之孩子们也会丧失对周围世界的观察和倾听的能力。

　　本套书无论在内容和形式上都做得非常用心：让孩子们有歌听唱起来，有旋律动起来，有图赏起来，有字帖描起来。在内容编排上，强调历史背景的前后关联，让孩子们对诗人所处的环境有更深刻的理解；强调对诗词内在精神的理解，避免刻板的整句翻译；赏析简短精练，对生僻字以部编版的教材为准加了注音、注释。

　　儿童教育从诗教开始，睁大眼睛，张开嘴巴，竖起小耳朵，动起小胳膊，一起感受《古诗哆来咪》吧。

目 录

◎ 江 南 ◎

汉乐府

江南可采莲，

莲叶何田田。

鱼戏莲叶间。

鱼戏莲叶东，

鱼戏莲叶西。

鱼戏莲叶南，

鱼戏莲叶北。

扫读　　点读

　　乐府是专门管理音乐的机构，自秦代设立，汉朝时规模得以扩大。它负责将文人的诗词配乐、采集民歌等。江南又到了采莲的季节，莲叶茂盛连成一片，莲叶之下，隐约看到鱼儿们欢快地游来游去。小朋友们可以按小鱼游的方向动起来哦。注意先后顺序，可别跑错了，一边背诗一边跟着变换方位，在跑动中感知四种方向和在诗中的顺序，这样很容易就记牢了。

◎ 咏 鹅 ◎

〔唐〕骆宾王

鹅，鹅，鹅，

曲项向天歌。

白毛浮绿水，

红掌拨清波。

扫读

点读

　　诗人骆宾王七岁时，住在浙江义乌的一个村子里，村外有个池塘叫骆家塘。小诗人在与客人同游池塘时作此诗。这首诗不到二十字便形象生动地刻画了一个可爱的动物形象，色彩鲜明丰富，充满了动态之美。大人一张嘴，想象力就停止。孩子不经意间会说出诗一样的语言，家长们请多注意鼓励和收集哦。

画

佚名

远看山有色，

近听水无声。

春去花还在，

人来鸟不惊。

扫读　　　点读

　　这首诗的作者不详，有说是唐代诗人王维，有说是清代诗人高鼎。春天走了，花仍然在开；人来了，鸟也没受到惊吓。猜一猜这是为什么？

山村咏怀

〔宋〕邵雍

一去二三里，

烟村四五家。

亭台六七座，

八九十枝花。

扫读　　点读

　　阳春三月，诗人外出游玩，看到美好的乡野风光，有感而发。诗人用数字穿起一幅画，由远及近，有亭台，有花朵，有烟雾笼罩。这是一首数字诗，类似的诗还有很多，如郑板桥的《咏雪》："一片二片三四片，五六七八九十片。千片万片无数片，飞入梅花都不见。"让小朋友在欢快的韵律中感受奇妙的数字用法吧。

◎ 悯 农 ◎

〔唐〕李绅

锄禾日当午，

汗滴禾下土。

谁知盘中餐，

粒粒皆辛苦。

扫读

点读

农民在火热的太阳下锄草，大滴大滴的汗水滚落到脚下的土里。小朋友，你可知道盘子里的每一粒粮食，都是辛苦劳动的结果。这首诗的每个字都诉说着诗人对农民辛苦劳作的同情。你剩饭被家长教育时，是不是经常听到这首诗呢？

◎ 风 ◎

〔唐〕李峤

解落三秋叶，

能开二月花。

过江千尺浪，

入竹万竿斜。

扫读　　点读

　　风，能使晚秋的树叶脱落，能催开早春二月的鲜花，能掀起江河的千尺巨浪，可把万棵翠竹吹得歪歪斜斜。这是一首可以当谜语来猜的诗。风看不到也摸不着，但可以感受到，仰起小脸，抬起胳膊，让嫩嫩的皮肤和风来个亲密接触吧，在不同的季节、不同的天气体会一下风给你的不同的感受。

◦ 春 晓 ◦

〔唐〕孟浩然

春眠不觉晓，

处处闻啼鸟。

夜来风雨声，

花落知多少。

扫读

点读

　　春天里睡觉不知不觉地天亮了，耳边传来清脆的鸟鸣声。伸个懒腰，突然想起昨天夜里有风有雨，不知道吹落了多少花瓣呢。诗人非常喜欢春天却不说透，引领我们去想象。他巧妙选取了春天的侧面，闭起眼睛想一想，诗人从什么角度什么感觉来写春天的？

静夜思

〔唐〕李白

床前明月光，

疑是地上霜。

举头望明月，

低头思故乡。

扫读　　点读

猜猜这首诗描写的是什么季节呢？没错，是秋天。你是从哪句诗里发现的呢？秋天是最能引起人思念的季节，二十六岁的李白独自卧病扬州，深夜未眠，庭院清冷，月光透过窗户射到床前，乍一望去，还以为铺了一层霜呢。举头望着明月，低头看着自己孤身一人，不由得想起家乡了。

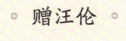

◎ 赠汪伦 ◎

〔唐〕李白

李白乘舟将欲行，

忽闻岸上踏歌声。

桃花潭水深千尺，

不及汪伦送我情。

扫读　　点读

　　这首诗有个美丽的传说。据说，安徽桃花潭人汪伦久慕李白的才情，他听说李白在安徽游历，便以家乡有十里桃花和万家酒店为名相邀。李白到来之后，却发现"十里桃花"不过是个地名，"万家酒店"是指一处姓万的人开的酒家。但李白不觉被骗，反为汪伦的热情好客所感染。临别，船将起程，忽然听到岸上边走边唱的声音，这是汪伦带着当地百姓来送别了。李白感动之余，在桃花潭的船头留下了这首千古名篇，也为桃花潭一带留下了许多优美的传说和遗迹。

寻隐者不遇

〔唐〕贾岛

松下问童子，

言师采药去。

只在此山中，

云深不知处。

 扫读

 点读

　　贾岛先为僧后还俗，始终未中进士，一生多写寒苦诗词，和孟郊齐名，有"郊寒岛瘦"之称。此诗表达了诗人去山中寻访一位隐士而未见的惆怅。它最大的特点是采用问答式，但把问话都省略了。几问几答之间，细细体会诗人满怀希望继而失望的心情吧。

◎ 池 上 ◎

〔唐〕白居易

小娃撑小艇，

偷采白莲回。

不解藏踪迹，

浮萍一道开。

扫读　　点读

　　小娃娃划着小船，悄悄地采了白莲满载而归，自以为神不知鬼不觉，殊不知船行之处，浮萍被拨开露出一条水道"出卖"了他。站在岸边悄悄观察的诗人，看到这可爱的娃娃禁不住微微一笑。此诗是白居易晚年居洛阳期间而作，闲适的状态下方有此闲情逸致。

◦ 小 池 ◦

〔宋〕杨万里

泉眼无声惜细流，

树阴照水爱晴柔。

小荷才露尖尖角，

早有蜻蜓立上头。

扫读　　　点读

　　在教书先生父亲的精心栽培下，自小聪明的杨万里养成了爱好读书的习惯，四五岁便开始习字启蒙，六七岁时已读懂家中的部分藏书，而且往往废寝忘食，当地流传着"杨万里啃书当饭"的佳话。钱锺书曾说，杨万里擅长写生，从这首诗仔细体会一下他这个特点吧。

◎ 画 鸡 ◎

〔明〕唐寅

头上红冠不用裁，

满身雪白走将来。

平生不敢轻言语，

一叫千门万户开。

扫读

点读

唐寅（yín），字伯虎，"江南四大才子"之一，作诗、画画都很精通。这首诗先从局部的"大红冠"写起，再到全身描写"满身雪白"，一只威武的公鸡就跃然纸上了。它平时不言语，关键时候一亮嗓子，叫醒千家万户。

◎ 梅 花 ◎

〔宋〕王安石

墙角数枝梅，

凌寒独自开。

遥知不是雪，

为有暗香来。

扫读　　　点读

　　王安石是宋朝著名的宰相，也是著名的诗人。这首诗是王安石二次被罢相后，心灰意冷退居钟山（今南京紫金山）时所写。他爱梅花，写过很多关于梅花的诗，这首诗更是千古名篇。在某个不起眼的角落里，梅花冒着严寒默默绽放，在百花不再的季节独自散发芬芳。它孤单但不自卑，也许不被人注意但自带花香，这既是歌颂梅花，也是在肯定自己。

◎ 小儿垂钓 ◎

〔唐〕胡令能

蓬头稚子学垂纶，

侧坐莓苔草映身。

路人借问遥招手，

怕得鱼惊不应人。

扫读　　　点读

◎ 蓬（péng）头，形容小孩可爱。　　◎ 稚（zhì）子，年龄小的、懵懂的孩子。

◎ 垂纶（chuí lún），钓鱼。 纶，钓鱼用的丝线。　　◎ 莓，一种野草。苔，苔藓植物。 映，遮映。

　　胡令能的诗仅存四首，构思精巧，语言浅显，富有生活情趣。一个可爱的小孩随意坐在水边一个少人的地方，一本正经地学大人钓鱼。听到路人的问话后，远远地招手不语，怕惊走了鱼儿。快来猜一猜招手之后，这个小孩是否回答了路人？又说了些什么呢？

登鹳雀楼

〔唐〕王之涣

白日依山尽，

黄河入海流。

欲穷千里目，

更上一层楼。

扫读　　点读

◎鹳（guàn）雀楼，在今山西永济市，因常有鹳雀栖息而得名。

　　王之涣为边塞诗人，作为山西人，他有地利之便，出门遛个弯儿便能看到边塞风光。他的诗仅流传下来六首，首首经典。此诗仅二十字却有千里之势，蕴含一种站得高、望得远的豪迈之情。

望庐山瀑布

〔唐〕李白

日照香炉生紫烟，

遥看瀑布挂前川。

飞流直下三千尺，

疑是银河落九天。

扫读

点读

　　李白一生都在游历祖国的大好河山。这首诗写庐山，香炉是指庐山的香炉峰。香炉峰顶天立地，团团白烟冉冉升起，缥缈于青山蓝天之间，在红日的照耀下化成一片紫色的云霞。视线一转，"三千尺"高的瀑布好似挂在眼前，直让诗人怀疑这是天上的银河降落。诗人善用夸大的量词渲染气势，彰显出他浪漫的天性。

◦ 江 雪 ◦

〔唐〕柳宗元

千山鸟飞绝，

万径人踪灭。

孤舟蓑笠翁，

独钓寒江雪。

扫读　　　点读

　　诗人被贬永州（今属湖南）期间写此诗。这首诗只用了二十字就给我们呈现出一幅图画：千座山，万条路，白雪覆盖，空无一人，整个世界似乎被冰封了。镜头拉长，远处，大雪纷飞的江面上，一叶孤舟，一个老渔翁身穿蓑衣，头戴斗笠，在独自垂钓。想一想，这位钓鱼者为何不回家？

夜宿山寺

〔唐〕李白

危楼高百尺，

手可摘星辰。

不敢高声语，

恐惊天上人。

扫读

点读

　　全诗记录了李白夜游山寺所见，既浪漫又不失童趣，"摘星辰" "惊天人"是多么天真的想法。全诗没有一个生僻字，从头到尾用词都很夸张，凸显山寺之奇高，星夜之奇妙。

◎ 敕勒歌 ◎

北朝民歌

敕勒川，

阴山下。

天似穹庐，

笼盖四野。

天苍苍，野茫茫，

风吹草低见牛羊。

扫读

点读

◎ 见（xiàn），同"现"，显现。

　　关于这首民歌，史书记载着一个动人的故事：公元 546 年，北齐王朝奠基人高欢率十万将士从晋阳出发进攻西魏的军事重镇，折兵七万，无奈返回晋阳。途中，军中谣传高欢中箭而亡。为打破谣言，稳定军心，高欢带病宴请将士，命一名敕勒（chì lè）族部将演唱这首歌，以唤醒将士们对家乡的热爱。将士闻听，军心大振。小朋友，在听过的歌里面，有没有哪一首让你热血沸腾呢？

◎ 村 居 ◎

〔清〕高鼎

草长莺飞二月天，

拂堤杨柳醉春烟。

儿童散学归来早，

忙趁东风放纸鸢。

扫读　　点读

　　诗人生活在清朝末年，并不被人熟知，但他的这首《村居》广为流传。诗人晚年归隐于江西上饶一个宁静的村落，早春二月，杨柳拂堤，诗人陶醉于田园风光，心情愉悦，写下此诗。平日里贪玩的儿童却早早回家了，原来是着急回家取风筝，趁着大好的东风赶紧放起来。儿童、东风、纸鸢，这些美好的人和事物为春光平添了几分生机和希望。

◎ 咏 柳 ◎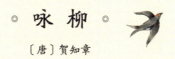

〔唐〕贺知章

碧玉妆成一树高，

万条垂下绿丝绦。

不知细叶谁裁出，

二月春风似剪刀。

扫读　　　点读

　　贺知章爱喝酒，与同样爱酒的李白是忘年交，他比李白大四十多岁呢。春天的美好事物很多，诗人独选了柳树，那吐满新叶的柳条像极了千万条舞动的绿丝带。这让人欢喜的柳叶是谁裁出来的呢？是二月的春风啊，如同神奇的剪刀。

◎ 江畔独步寻花 ◎

〔唐〕杜甫

黄四娘家花满蹊，

千朵万朵压枝低。

留连戏蝶时时舞，

自在娇莺恰恰啼。

扫读　　　点读

　　杜甫被誉为诗圣，李白被誉为诗仙。李白是浪漫的，杜甫是深沉的，忧国忧民的，很少有轻快的作品，此诗是例外。当时杜甫刚在成都安顿下来，一生奔波的他度过了一段安静祥和的时光。有次散步时，他看到邻居家小院的美景，有感而发。在某个春日，你一定能找到那开满整墙的鲜花、一群翩翩起舞的蝴蝶，能体会诗人用词的精妙和心情的欢愉了。

◎ 绝 句 ◎

〔唐〕杜甫

两个黄鹂鸣翠柳，

一行白鹭上青天。

窗含西岭千秋雪，

门泊东吴万里船。

扫读　　　点读

　　这首诗更像一幅分格画，远近景致各异，似乎在写不同季节。成都草堂的室外晴空万里，柳枝发芽，黄鹂欢唱，白鹭飞翔，有声有色，一派欢乐景象；视线转向更远的地方，往西看，岷山上千年不化的冰雪清晰可见；再定睛一瞧，门外不远的江边，竟然停着从万里之外的东吴驶来的船只。其实历经安史之乱，道路多遭破坏，这些船只也许只是想象，足见诗人的心胸开阔。

◎ 舟夜书所见 ◎

〔清〕查慎行

月黑见渔灯，

孤光一点萤。

微微风簇浪，

散作满河星。

扫读　　　点读

　　诗人在船上过夜，看到了这样一幅画面：没有月亮，茫茫夜色中，只有渔船上的灯像萤火虫一样发出一点光亮。一阵微风吹过，河水泛起浪花，渔灯的光亮随着水波散开，好像无数星星撒落在河面上。诗人查（zhā）慎行，五岁能诗，十岁能文，被称为旷世奇才。家有藏书楼，家族多才俊，时称"一门七进士，叔侄五翰林"。

◦ 所 见 ◦

〔清〕袁枚

牧童骑黄牛，

歌声振林樾。

意欲捕鸣蝉，

忽然闭口立。

扫读　　点读

◦ 林樾（yuè），指道旁成荫的树林。

　　诗人袁枚热爱生活，不到四十岁便辞官，在南京建随园定居，有大量的闲适时间去观察生活中的小美好。这首诗描写一个骑牛的牧童。牧童自在的歌声响遍整个树林，忽然，他被一只鸣蝉吸引，立刻停止了歌唱，悄悄地跳下牛背去捕捉。他能不能捉到这只鸣蝉呢？尽情想象吧。

◎ 山 行 ◎

〔唐〕杜牧

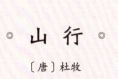

远上寒山石径斜，

白云生处有人家。

停车坐爱枫林晚，

霜叶红于二月花。

扫读　　　点读

◎寒山，深秋时节的山。　　◎生，产生，生出。　　◎坐，因为。

　　晚唐诗人杜牧诗歌成就较高，后人称杜甫为"老杜"，称其为"小杜"。让我们的视线随诗人指引一路蜿蜒向上，直至寒山之巅的白云深处。那石径、白云、人家都没有让诗人驻足，恰是这片枫林让诗人停车，陶醉其中，只因它比二月的春花更迷人。

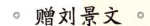

◎ 赠刘景文 ◎

〔宋〕苏轼

荷尽已无擎雨盖，

菊残犹有傲霜枝。

一年好景君须记，

正是橙黄橘绿时。

扫读　　　点读

◎擎（qíng），举，向上托。　　◎君，对对方的尊称，相当于"您"。

　　刘景文是苏轼的好友，苏轼极为推崇他。全诗并未提到刘景文，而是写荷花凋谢，荷叶枯萎，菊花败落但花枝还在抗击寒霜，继而点出一年中最好的季节——橙子黄橘子绿的秋末冬初。这首诗虽描写深秋萧瑟景象，却给人昂扬之感。

早发白帝城

〔唐〕李白

朝辞白帝彩云间，

千里江陵一日还。

两岸猿声啼不住，

轻舟已过万重山。

扫读　　点读

◎ 白帝城，位于今重庆奉节县，著名诗人李白、杜甫、白居易、刘禹锡、苏轼、黄庭坚、范成大、陆游等都曾登白帝、游夔门，留下大量诗篇，因此白帝城又有"诗城"之美誉。

　　李白一生只有一段短暂的为官经历。辞官后，不屑科举但胸怀天下的他继续游历大好河山。安史之乱中，他因卷入永王李璘案被流放夜郎，走到白帝城时，忽然收到朝廷的赦免令，他惊喜交加，乘舟东返江陵，欢快之情溢于言表：一日之短，千里之远，瞬息之间，已过万重山。

◎ 竹枝词 ◎

〔唐〕刘禹锡

杨柳青青江水平，

闻郎江上踏歌声。

东边日出西边雨，

道是无晴却有晴。

扫读

点读

　　竹枝词是古代四川东部的一种民歌，人们边舞边唱，用鼓和短笛伴奏，赛歌时谁唱的最多，谁就是优胜者。刘禹锡非常喜爱这种民歌，采用民歌曲谱，作新的《竹枝词》。岸上杨柳青青，江上风平浪静，忽然传来男子的唱歌声。东方艳阳高照，西边落着雨滴，说它不是晴天吧，它又是晴天，真像唱歌哥哥的心思一样难以捉摸啊，他到底喜不喜欢我呢，唉！

◎ 登幽州台歌 ◎

〔唐〕陈子昂

前不见古人，

后不见来者。

念天地之悠悠，

独怆然而涕下。

扫读

点读

◎幽州台，即黄金台，又称蓟北楼，故址在今北京西南，是燕昭王为招纳天下贤士而建。

◎念，想到。　　◎悠悠，形容时间的久远和空间的广大。

◎怆（chuàng）然，悲伤的样子。　　◎涕（tì），眼泪。

　　诗人陈子昂小时候很聪明，但只喜欢练武不爱读书，有次击剑伤人之后便弃武从文，闭门谢客，钻研学问，终学有所成，受到武则天重用。他性格耿直，因受到其他官员的排挤而辞职。后被陷害，死在狱中。诗人登上幽州台远望，感叹像燕昭王这样的明君前世不见，后世也不会有了。天地之间，诗人独自悲伤。

◎ 游子吟 ◎

〔唐〕孟郊

慈母手中线，

游子身上衣。

临行密密缝，

意恐迟迟归。

谁言寸草心，

报得三春晖。

扫读

点读

　　这是一首歌颂母爱的诗。孟郊一生穷困潦倒，五十岁时才中进士，谋得一个县尉的小官。写此诗时诗人想接母亲到任职地居住，对于春天暖阳般的母爱，小草一样的儿女如何才能报答一二呢？

◎ 黄鹤楼送孟浩然之广陵 ◎

〔唐〕李白

故人西辞黄鹤楼，

烟花三月下扬州。

孤帆远影碧空尽，

唯见长江天际流。

扫读

点读

　　李白出生于大西北，幼年随父迁居四川。他小孟浩然十多岁，十几岁走出四川游历天下，结识了早已名满天下的孟浩然。此诗出现了三个地名，其实是指两处：黄鹤楼是送别地点，广陵即扬州，也就是孟浩然的目的地。此诗虽是送别诗，却毫无伤感之意，反而充满诗情画意。

送元二使安西

〔唐〕王维

渭城朝雨浥轻尘，

客舍青青柳色新。

劝君更尽一杯酒，

西出阳关无故人。

扫读

点读

　　元二奉命去西北边疆，诗人王维在渭城送别他，写下这首诗。后有人将之谱成曲，名为《阳关三叠》。清晨的古城被一场春雨洗刷一新，空气中弥漫着湿润的泥土清香。客舍旁边的柳叶翠绿一新，老朋友啊，请你再干一杯美酒吧，西行出了阳关就难以遇到亲朋好友了。

惠崇《春江晚景》

〔宋〕苏轼

竹外桃花三两枝，

春江水暖鸭先知。

蒌蒿满地芦芽短，

正是河豚欲上时。

扫读　　　　点读

《春江晚景》为宋初九僧之一惠崇的名画，苏轼在画上作此诗，可惜此画已经失传。通过诗人的描述，我们可以看到一幅由桃花、鸭子、蒌蒿（lóu hāo）、芦芽、河豚（tún）构成的晚春美景图。

◎ 三衢道中 ◎

〔宋〕曾几

梅子黄时日日晴，

小溪泛尽却山行。

绿阴不减来时路，

添得黄鹂四五声。

扫读

点读

曾（zēng）几为江西人，是陆游的老师。他学识渊博，勤于政事。此诗是曾几在去浙江三衢山的路上所写。"梅子黄时"点明时间是黄梅时节，接着交代出行方式，先是泛舟，后改步行。归程也同样美妙：绿树成荫，林中传来几声黄鹂的欢鸣，比来时更添了几分幽趣。真是一幅初夏游山的旅行图呢。

九月九日忆山东兄弟

〔唐〕王维

独在异乡为异客，

每逢佳节倍思亲。

遥知兄弟登高处，

遍插茱萸少一人。

扫读

点读

◎ 九月九日，即重阳节。古人有在重阳节登高的习俗。

◎ 山东，华山以东，王维的家乡在这一带。

◎ 茱萸（zhū yú），一种香气浓郁的植物，民间认为带在身上可避灾。

　　王维年少成名，这首诗写于十七岁，是在重阳节思念家人时而作。独在长安的王维想念家乡的亲人，想着兄弟们这个时候都应该佩戴着茱萸囊在登高望远了，唯独自己不能参与，这是自己的遗憾，也是兄弟们的遗憾。

◎ 忆江南 ◎

〔唐〕白居易

江南好，

风景旧曾谙。

日出江花红胜火，

春来江水绿如蓝。

能不忆江南？

扫读

点读

◎ 谙（ān），熟悉。　　◎ 蓝，一种植物，叶蓝绿色，可提取青蓝色染料。

　　诗人曾三次去江南，也曾经在江南任职。晚年居住洛阳，仍对江南的美好念念不忘。江南那么美，如画的风景我早已印在脑海。太阳初升，照得江花红如火焰，春天到来，江水碧绿如同蓝草，怎么能让我不想念呢？

◎ 元 日 ◎

〔宋〕王安石

爆竹声中一岁除，

春风送暖入屠苏。

千门万户曈曈日，

总把新桃换旧符。

扫读　　　点读

◎ 屠苏，指屠苏酒。饮屠苏酒是古代过年的一种习俗。

◎ 曈（tóng）曈，太阳刚出来光辉灿烂的样子。

　　元日即春节。诗人写了春节的三大习俗：放鞭炮驱鬼避邪，喝屠苏酒以求长寿，在桃木板上写上神荼、郁垒两位神灵的名字挂在门旁，一派喜气洋洋的节日气氛。写此诗时，王安石初任宰相，他实施改革，倡导新政，以摆脱内忧外患，值此新年之际，诗人期待改革之后的新气象。

滁州西涧

〔唐〕韦应物

独怜幽草涧边生，

上有黄鹂深树鸣。

春潮带雨晚来急，

野渡无人舟自横。

扫读

点读

　　韦应物任滁州刺史时，游至滁州城西郊野一个叫上马河（西涧）的地方，记录下当时的清幽景色。下有幽草，上有黄鹂鸣叫，一静一动之间更显幽静。本就人迹罕至，加上春雨来势凶猛，连船夫也去躲雨了，唯留独舟自漂流。

坐 姿

- 头正。头部竖正，眼睛距离纸张约一尺。
- 身正肩平。腰板挺直，两肩放平，胸部离桌子一拳头的距离。
- 臂开足平。双臂自然放开，左手按纸，右手握笔，两脚自然平放。

做到三个一：
- 眼睛距离书写纸面约一尺。
- 笔尖距离捏笔的手指一寸。
- 胸部距离书桌的边缘一拳。

写字正面坐姿图

写字侧面坐姿图

握笔姿势

- 用拇指、食指的指肚和中指侧面捏住笔杆的下端，无名指和小指自然弯曲，抵靠中指。笔杆要倾斜地靠在虎口内，角度在45度到75度之间。

口诀：
- 找准点位记心中，贴好四点拳心空。
  手离笔尖两指远，手腕伸直手指松。

执笔侧面图　　　执笔正面图

江　南

汉乐府

江 南 可 采 莲

莲 叶 何 田 田

鱼 戏 莲 叶 间

鱼 戏 莲 叶 东

鱼 戏 莲 叶 西

鱼 戏 莲 叶 南

鱼 戏 莲 叶 北

画　佚名

远看山有色
近听水无声
春去花还在
人来鸟不惊

山村咏怀

〔宋〕邵雍

一	去	二	三	里
烟	村	四	五	家
亭	台	六	七	座
八	九	十	枝	花

寻隐者不遇

〔唐〕贾岛

松下问童子，
言师采药去。
只在此山中，
云深不知处。

小 池

〔宋〕杨万里

泉眼无声惜细流
树阴照水爱晴柔
小荷才露尖尖角
早有蜻蜓立上头

梅 花 〔宋〕王安石

墙 角 数 枝 梅
凌 寒 独 自 开
遥 知 不 是 雪
为 有 暗 香 来

登鹳雀楼

〔唐〕王之涣

白 日 依 山 尽
黄 河 入 海 流
欲 穷 千 里 目
更 上 一 层 楼

江 雪 〔唐〕柳宗元

千 山 鸟 飞 绝
万 径 人 踪 灭
孤 舟 蓑 笠 翁
独 钓 寒 江 雪

夜宿山寺

〔唐〕李白

危	楼	高	百	尺
手	可	摘	星	辰
不	敢	高	声	语
恐	惊	天	上	人

敕勒歌

北朝民歌

敕	勒	川				
阴	山	下				
天	似	穹	庐			
笼	盖	四	野			
天	苍	苍		野	茫	茫
风	吹	草	低	见	牛	羊

村 居

〔清〕高鼎

草长莺飞二月天

拂堤杨柳醉春烟

儿童散学归来早

忙趁东风放纸鸢

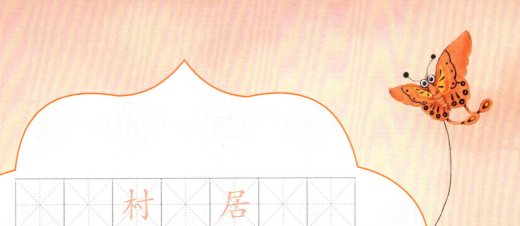

咏 柳

〔唐〕贺知章

碧 玉 妆 成 一 树 高

万 条 垂 下 绿 丝 绦

不 知 细 叶 谁 裁 出

二 月 春 风 似 剪 刀

两个黄鹂鸣翠柳

一行白鹭上青天

绝句〔唐〕杜甫

窗含西岭千秋雪

门泊东吴万里船

舟夜书所见

〔清〕查慎行

月	黑	见	渔	灯
孤	光	一	点	萤
微	微	风	簇	浪
散	作	满	河	星

山 行

〔唐〕杜牧

远 上 寒 山 石 径 斜
白 云 生 处 有 人 家
停 车 坐 爱 枫 林 晚
霜 叶 红 于 二 月 花

赠刘景文

〔宋〕苏轼

荷尽已无擎雨盖，
菊残犹有傲霜枝。
一年好景君须记，
正是橙黄橘绿时。

竹枝词

〔唐〕刘禹锡

杨柳青青江水平
闻郎江上踏歌声
东边日出西边雨
道是无晴却有晴

登幽州台歌

〔唐〕陈子昂

前不见古人

后不见来者

念天地之悠悠

独怆然而涕下

游子吟

〔唐〕孟郊

慈母手中线
游子身上衣
临行密密缝
意恐迟迟归
谁言寸草心
报得三春晖

送元二使安西

〔唐〕王维

渭城朝雨浥轻尘
客舍青青柳色新
劝君更尽一杯酒
西出阳关无故人

惠崇《春江晚景》

〔宋〕苏轼

竹外桃花三两枝
春江水暖鸭先知
蒌蒿满地芦芽短
正是河豚欲上时

元 日

〔宋〕王安石

爆竹声中一岁除

春风送暖入屠苏

千门万户曈曈日

总把新桃换旧符

滁州西涧

〔唐〕韦应物

独怜幽草涧边生

上有黄鹂深树鸣

春潮带雨晚来急

野渡无人舟自横

乡村四月

〔宋〕翁卷

绿	遍	山	原	白	满	川
子	规	声	里	雨	如	烟
乡	村	四	月	闲	人	少
才	了	蚕	桑	又	插	田

芙蓉楼送辛渐

〔唐〕王昌龄

寒雨连江夜入吴，平明送客楚山孤。
洛阳亲友如相问，一片冰心在玉壶。

石灰吟

〔明〕于谦

千锤万凿出深山
烈火焚烧若等闲
粉骨碎身全不怕
要留清白在人间

鹿　柴　〔唐〕王维

空	山	不	见	人
但	闻	人	语	响
返	景	入	深	林
复	照	青	苔	上

夏日绝句

〔宋〕李清照

生	当	作	人	杰
死	亦	为	鬼	雄
至	今	思	项	羽
不	肯	过	江	东

凉州词

〔唐〕王之涣

黄 河 远 上 白 云 间

一 片 孤 城 万 仞 山

羌 笛 何 须 怨 杨 柳

春 风 不 度 玉 门 关

相思

〔唐〕王维

红豆生南国

春来发几枝

愿君多采撷

此物最相思

枫桥夜泊

〔唐〕张继

月	落	乌	啼	霜	满	天
江	枫	渔	火	对	愁	眠
姑	苏	城	外	寒	山	寺
夜	半	钟	声	到	客	船

春　日

〔宋〕朱熹

胜日寻芳泗水滨

无边光景一时新

等闲识得东风面

万紫千红总是春

江上渔者

〔宋〕范仲淹

江上往来人

但爱鲈鱼美

君看一叶舟

出没风波里

过故人庄

〔唐〕孟浩然

故	人	具	鸡	黍
邀	我	至	田	家
绿	树	村	边	合
青	山	郭	外	斜
开	轩	面	场	圃
把	酒	话	桑	麻
待	到	重	阳	日
还	来	就	菊	花

饮酒

〔晋〕陶渊明

结庐在人境

而无车马喧

问君何能尔

心远地自偏

采菊东篱下

悠然见南山

山气日夕佳

飞鸟相与还

此中有真意

欲辨已忘言

赤壁 〔唐〕杜牧

折戟沉沙铁未销，
自将磨洗认前朝。
东风不与周郎便，
铜雀春深锁二乔。

如梦令

〔宋〕李清照

昨夜雨疏风骤，
浓睡不消残酒。
试问卷帘人，
却道海棠依旧。
知否，知否？
应是绿肥红瘦。

清平乐·村居〔宋〕辛弃疾

茅檐低小，溪上青青草。醉里吴音相媚好，白发谁家翁媪。

大儿锄豆溪东，中儿正织鸡笼。最喜小儿亡赖，溪头卧剥莲蓬。

青玉案·元夕 〔宋〕辛弃疾

东风夜放花千树

更吹落星如雨

宝马雕车香满路

凤箫声动

一夜鱼龙舞

蛾儿雪柳黄金缕

笑语盈盈暗香去

众里寻他千百度

蓦然回首

那人却在

灯火阑珊处

玉壶光转

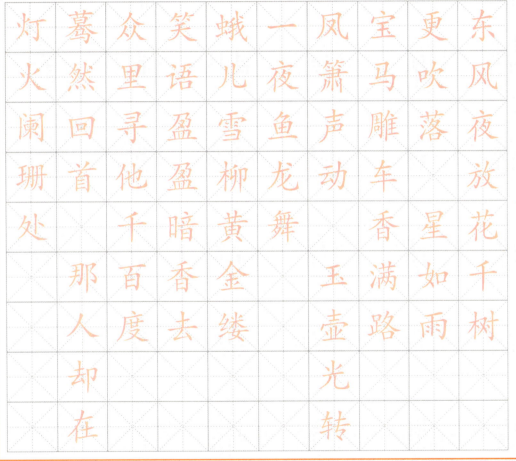

听赏读写唱 音乐古诗词

谱曲 演唱 婷婷姐姐
绘图 豆豆鱼绘制
编著 纸图经典

古诗吟来咻 下

河南文艺出版社
·郑州·

目 录

◎ 清 明 ◎

〔唐〕杜牧

清明时节雨纷纷，

路上行人欲断魂。

借问酒家何处有？

牧童遥指杏花村。

扫读

点读

　　清明节是我国的传统节日，有扫墓、踏青、插柳等习俗。清明前后春雨纷纷，匆匆赶路的行人感受到了几分惆怅，几近断魂，心想着，如果能有个酒家歇歇脚、避避雨，小酌两杯赶走身上的寒气才好啊。可哪有酒家呢？牧童用手指答复了——在那远处的杏花村。

◎ 乡村四月 ◎

〔宋〕翁卷

绿遍山原白满川，

子规声里雨如烟。

乡村四月闲人少，

才了蚕桑又插田。

点读

　　翁卷一生布衣，游走四方，他曾在深山里搭建茅草屋，植树种粮，安心写诗。绿的山陵和原野，稻田里的水色倒映着天的光辉，烟雨里杜鹃鸟催促农事的叫声，几个简单的意象，一幅水乡初夏画卷就出现在我们眼前。乡村的四月正是最忙的时候，刚刚结束蚕桑的事，又要开始插秧了。

◎ 渔歌子 ◎

〔唐〕张志和

西塞山前白鹭飞，

桃花流水鳜鱼肥。

青箬笠，绿蓑衣，

斜风细雨不须归。

扫读　　　点读

◎ 鳜（guì）鱼，一种淡水鱼，江南又称桂鱼，肉质鲜美。　　◎ 箬笠（ruò lì），竹叶或竹篾做的斗笠。

◎ 蓑（suō）衣，用草或棕编制成的雨衣。

　　张志和初名龟龄，唐肃宗赐名志和，十六岁中科举。唐朝著名书法家颜真卿任湖州刺史时，张志和乘船去拜访，他们即兴唱和。这首《渔歌子》画面感很强，江南水乡的春天，自由飞翔的白鹭，桃花盛开，江水猛涨，鳜鱼长得正欢，一个渔翁头戴斗笠，身披蓑衣，悠然自得，在这斜风细雨里都不想回家了。

芙蓉楼送辛渐

〔唐〕王昌龄

寒雨连江夜入吴，

平明送客楚山孤。

洛阳亲友如相问，

一片冰心在玉壶。

扫读

点读

◎ 芙蓉楼，在今镇江市西北。

　　好友辛渐要回洛阳了，王昌龄在芙蓉楼为他饯行，此诗描写江边送别的情景。寒雨入吴，楚山的孤零，牵出了两句叮咛："洛阳亲友如相问，一片冰心在玉壶。"王昌龄此时被贬为江宁（今南京）县丞，他要辛渐转告洛阳亲友，自己仍然会一如既往地洁身自好，不要担心。

◎ 闻王昌龄左迁龙标遥有此寄 ◎

〔唐〕李白

杨花落尽子规啼，

闻道龙标过五溪。

我寄愁心与明月，

随风直到夜郎西。

扫读

点读

◎ 龙标，唐代县名，在今湖南洪江西。天宝年间王昌龄被贬为龙标尉。古人以右为尊，故贬官为左迁。诗中的"龙标"指王昌龄。古代常用官职或任官之地的州县名来称呼一个人。

◎ 杨花，柳絮。　　◎ 子规，即布谷鸟，又称杜鹃。

　　李白有很多好友，王昌龄是其中之一。李白听闻王昌龄遭贬官，写此诗表达自己的关心与同情。杨花漂泊不定，子规啼叫着"不如归去"，惊闻好友要"过五溪"，路途遥远，李白将忧愁的心思寄托给明月，希望它能随风陪着王昌龄直到夜郎以西。

013

◎ 石灰吟 ◎

〔明〕于谦

千锤万凿出深山，

烈火焚烧若等闲。

粉骨碎身全不怕，

要留清白在人间。

扫读

点读

　　于谦年少有为，十九岁中进士。他为官廉洁正直，深受百姓爱戴，与岳飞、张苍水并称 "西湖三杰"。相传于谦走到一座石灰窑前，见一堆堆的山石经过烈火焚烧之后，变成了白色的石灰，深有感触，便吟出了这首脍炙人口的诗篇。石灰的清白也正是诗人一生的追求和写照。

◎ 竹 石 ◎

〔清〕郑燮

咬定青山不放松，

立根原在破岩中。

千磨万击还坚劲，

任尔东西南北风。

扫读　　　点读

　　郑燮，人称板桥先生，为"扬州八怪"之一，他的诗书画被称为三绝，尤其擅长画竹子。竹子抓住青山一点也不放松，它的根深深地扎入石缝之中，经历无数的磨砺打击仍然坚韧不倒，不管刮来的是酷暑的东南风还是严冬的西北风。

◎ 赏牡丹 ◎

〔唐〕刘禹锡

庭前芍药妖无格，

池上芙蕖净少情。

唯有牡丹真国色，

花开时节动京城。

扫读

点读

诗中出现了芍药、芙蕖、牡丹三种花，诗人对它们的评价不同。他认为芍药妖娆但无骨，格调不高，芙蕖静雅但少了情韵，只有牡丹是真正的国色天香，花开时节吸引无数人观赏，惊动整个京城。

鹿 柴

〔唐〕王维

空山不见人，

但闻人语响。

返景入深林，

复照青苔上。

扫读

点读

　　王维幼年失去父亲，年纪轻轻就成了著名的诗人、画家和音乐家，苏轼评价他"诗中有画，画中有诗"。中年后居住在陕西蓝田辋川别墅，此处景点颇多，鹿柴（zhài）是其中之一。傍晚时分，鹿柴附近的深山杳无人迹，不见人影但有人声，更加衬托出山林的悠远。诗人凭借敏锐的艺术感受力捕捉到这有声的寂静、有光的幽暗，正体现了诗、画、乐的结合。

◎ 别董大 ◎

〔唐〕高适

千里黄云白日曛，

北风吹雁雪纷纷。

莫愁前路无知己，

天下谁人不识君？

扫读

点读

　　高适的边塞诗和岑参齐名，二人并称"高岑"。大多数赠别诗表达缠绵的依依惜别之情，但这首诗充满豪迈之气。董大原名董庭兰，为家中老大，故称董大，是唐玄宗时代著名的音乐家。此时高适和董大都处于失意之中，在这夕阳西下、大雪纷飞的昏暗天地间，诗人发出豪迈之语：不要担心前路茫茫没有朋友，天下有谁不认识你呢？为好友也为自己鼓劲打气。

◎ 回乡偶书 ◎

〔唐〕贺知章

少小离家老大回，

乡音无改鬓毛衰。

儿童相见不相识，

笑问客从何处来。

扫读

点读

◎ 衰（cuī），稀疏。

　　诗人八十六岁高龄辞官，回到阔别五十多年的家乡。离家时风华正茂，归来已是鬓（bìn）发稀落。多年不在家乡生活，家乡的儿童自是不认识他，只把他当作客人，一声"客从何处来"，问得诗人反主为客，这是何等心境啊。

夏日绝句

〔宋〕李清照

生当作人杰，

死亦为鬼雄。

至今思项羽，

不肯过江东。

扫读

点读

　　北宋都城汴京失陷，赵宋王朝被迫南迁。李清照的丈夫赵明诚曾出任江宁知府，后城中爆发叛乱，赵明诚独自弃城而逃，被革职。李清照认为丈夫和统治者一样，不思平叛，临阵脱逃，为其感到羞耻。这首诗鲜明地表达了诗人的价值取向：做人就该做人中俊杰，做鬼也应做鬼中的英雄。人们到现在还思念着项羽，只因他不肯苟且偷生回江东。

◎ 出 塞 ◎

〔唐〕王昌龄

秦时明月汉时关，

万里长征人未还。

但使龙城飞将在，

不教胡马度阴山。

扫读

点读

◎但使，只要。　◎胡马，指侵扰中原的北方游牧民族骑兵。　◎阴山，位于今内蒙古中部及河北北部。

　　王昌龄早年赴塞（sài）外边关时所作。诗人身处唐朝，却从千年以前、万里之外入笔，营造出一种苍凉寥廓的时空感。借助奇袭龙城的名将卫青、飞将军李广等汉代抗匈奴名将的威风，表达边境不再战火纷飞、阴山之下从此太平的愿望。这首诗被誉为唐人七绝的压卷之作，王昌龄也被誉为七绝圣手。

凉州词

〔唐〕王之涣

黄河远上白云间，

一片孤城万仞山。

羌笛何须怨杨柳，

春风不度玉门关。

扫读

点读

◎ 杨柳，指《杨柳曲》。

　　王之涣不到四十岁辞官，之后过了十几年自由自在的生活，此诗便作于此间。这首诗为我们展开一幅视野广阔的画卷，视线延伸到黄河源头的方向，一座孤城在远山的衬托下更显苍远。只闻羌笛之声却无柳枝可折，因为春风吹不进，杨柳也无奈啊。

◦ 相 思 ◦

〔唐〕王维

红豆生南国，

春来发几枝？

愿君多采撷，

此物最相思。

扫读　　　　点读

　　传说，古代一位女子因思念战死边疆的丈夫，哭死在了树下，化作红豆，从此，红豆被称为相思子。此诗又叫《江上赠李龟年》，是王维送给李龟年的，可见红豆也用于表达友情。据记载，安史之乱时，流落江南的音乐家李龟年曾唱过此诗。红豆生长的南方，每逢春天不知长多少新枝。希望思念的人儿多多采摘，因为它最能寄托相思之情。

枫桥夜泊

〔唐〕张继

月落乌啼霜满天，

江枫渔火对愁眠。

姑苏城外寒山寺，

夜半钟声到客船。

扫读

点读

◎ 枫桥，在今江苏苏州。　　◎ 姑苏，苏州的别称，因苏州有姑苏山而得名。
◎ 寒山寺，枫桥附近的一座寺庙，相传唐代僧人寒山曾住于此。

　　安史之乱爆发后，不少文士逃到江浙一带避乱，张继就是其中一位。一个秋夜，诗人泊舟苏州城外的枫桥，陶醉于江南水乡的夜色，写下这首意境悠远的诗作。诗作不多的张继凭此诗给苏州当地带来很多传说。

◎ 观书有感 ◎

〔宋〕朱熹

半亩方塘一鉴开，

天光云影共徘徊。

问渠那得清如许？

为有源头活水来。

扫读

点读

　　朱熹被称为"朱子"，是继孔子、孟子之后最杰出的儒学大师。朱熹修复白鹿洞书院，请名师，置办学田，供养学子，为书院殚精竭虑，不遗余力。此诗是诗人受邀到一个村子讲学时所写。半亩大的方形池塘像镜子般清澈明净，天光、云影在水面上闪耀浮动。要问池塘里的水为何这样清澈呢？是因为有永不枯竭的源头源源不断地为它输送活水。这是一首充满哲理的诗，常用来比喻只有不断学习新知识，才能达到新境界。

◎ 游园不值 ◎

〔宋〕叶绍翁

应怜屐齿印苍苔，

小扣柴扉久不开。

春色满园关不住，

一枝红杏出墙来。

扫读

点读

◎ 值，遇到；不值，没有遇到人。

◎ 屐（jī）齿，屐是木鞋，鞋底突出的部分叫屐齿。　　◎ 小扣，轻轻地敲门。

◎ 柴扉（fēi），用木柴、树枝编成的门。

　　这首诗像一则日记，记述了一件小事，诗人想游园却没能进门。诗人乘兴而来，轻轻叩响柴门，却久久不开。心想：主人也许是担心我的木鞋会踩坏他所爱惜的青苔吧。不过满园子的春光岂能关得住呢，一枝探出墙外的红杏，不禁使人想象起墙内那迷人的春色。

早春呈水部张十八员外

〔唐〕韩愈

天街小雨润如酥，

草色遥看近却无。

最是一年春好处，

绝胜烟柳满皇都。

扫读　　　点读

◎ 呈，恭敬地送给。　　◎ 水部张十八员外，指张籍，在同族兄弟中排行第十八。

◎ 天街，京城街道。　　◎ 润如酥，细腻如酥。酥，酥油，这里形容春雨的细腻。

◎ 最是，正是。　　◎ 绝胜，远远胜过。　　◎ 皇都，帝都，这里指长安。

　　早春时节，五十六岁的吏部侍郎韩愈邀请水部员外郎张籍外出踏青，张籍推托不至。韩愈独自前往，写此诗相赠。细密的小雨洒满长安大街，润滑如酥，远远望去，草色连成一片，近看时却很稀落。这正是一年之中最美的时节，远胜过绿柳满城。诗人眼中的早春景色煞是羡人，让人情不自禁地替张籍遗憾。

◎ 蜂 ◎

〔唐〕罗隐

不论平地与山尖，

无限风光尽被占。

采得百花成蜜后，

为谁辛苦为谁甜？

扫读

点读

　　罗隐本叫罗横，一生怀才不遇，十次考进士不中而改名。他的诗多关注小动物、花草等。这首诗歌颂辛勤劳动的蜜蜂。高山与平原都是蜜蜂的领地，可它并不是为了风景而采蜜，劳苦一生却享受极少。

◎ 春 日 ◎

〔宋〕朱熹

胜日寻芳泗水滨，

无边光景一时新。

等闲识得东风面，

万紫千红总是春。

扫读

点读

◎胜日，天气晴朗的好日子。　◎寻芳，踏青。　◎泗水，河名，在今山东。　◎等闲，平常、轻易。

　　风和日丽的春天，在泗（sì）水边踏青，无边无际的风景焕然一新。美妙的春日里，很容易感受到吹过脸颊暖暖的东风，这风吹得百花绽放，一片万紫千红。可是问题来了，泗水地处山东，南宋时期处于金人的统治下，而诗人此时身居江南，原来不过是在怀念当年在泗水边讲学的孔子罢了。

书湖阴先生壁

〔宋〕王安石

茅檐长扫净无苔，

花木成畦手自栽。

一水护田将绿绕，

两山排闼送青来。

扫读

点读

◎ 苔，青苔。　　◎ 畦（qí），这里指种有花木的一块块排列整齐的土地，周围有土埂围着。
◎ 排闼（tà），推开门。闼，小门。

　　湖阴先生原名杨德逢，是诗人的邻居。原诗有两首，写于杨家的墙上，此诗是其一。干净整洁的草房庭院，主人亲自栽种的花木整齐成畦。一条小河绕院而过，打开门，远处两座青山送来满眼绿色。静谧安逸的画面扑面而来，让人禁不住也想去住几天呢。

◎ 题临安邸 ◎

〔宋〕林升

山外青山楼外楼，

西湖歌舞几时休？

暖风熏得游人醉，

直把杭州作汴州。

扫读　　　点读

◎ 临安，今浙江杭州，曾为南宋都城。　　◎ 邸（dǐ），旅店。

◎ 熏（xūn），吹，用于温暖的风。　　◎ 汴（biàn）州，今河南开封，曾为北宋都城。

　　此诗写于一家旅店，题目为后人所加。金人攻陷汴州，中原沦陷，宋王朝迁都临安。南宋很多诗人作诗表达收复中原的心愿，如陆游、辛弃疾等。此诗也一样，诗人痛心统治者整日醉心于西湖美景，沉迷于歌舞升平，不再想着收复失地。

◎ 江上渔者 ◎

〔宋〕范仲淹

江上往来人，

但爱鲈鱼美。

君看一叶舟，

出没风波里。

扫读

点读

◎ 但，只。

　　范仲淹是江苏人，生长在江边，对渔民生活非常熟悉。诗人在饮酒品鱼、观赏风景的时候，看到风浪中的小船，联想到渔民的辛苦，情动之下作此诗。江上往来的人们只知道鲈鱼的鲜美，哪里知道那一叶扁舟在风浪之中出没捕鱼要冒着何等风险！

◎ 游山西村 ◎

〔宋〕陆游

莫笑农家腊酒浑，丰年留客足鸡豚。

山重水复疑无路，柳暗花明又一村。

箫鼓追随春社近，衣冠简朴古风存。

从今若许闲乘月，拄杖无时夜叩门。

扫读　　　点读

◎ 腊（là）酒，腊月里酿造的酒。　　◎ 足鸡豚（tún），意思是准备了丰盛的菜肴。豚，小猪，代指猪肉。

◎ 山重水复，一座座山、一道道水重重叠叠。

◎ 柳暗花明，柳色深绿，花色红艳。　　◎ 箫鼓，吹箫打鼓。

◎ 春社，古代把立春后第五个戊日作为春社日，拜祭社公（土地神）和五谷神，祈求丰收。

◎ 古风存，保留着淳朴的古代风俗。　　◎ 若许，如果这样。

◎ 闲乘月，有空闲时趁着月光前来。　　◎ 无时，没有一定的时间，即随时。

　　陆游晚年远离官场，隐居在故乡山阴（今浙江绍兴），享受闲适生活，甚是惬意。此诗描绘山村的美好生活景象，农家腊月酿的酒，待客的菜肴甚是丰盛，山水之间道路曲折，正担心无路可走，忽然又出现一个小山村。春社的日子近了，吹箫打鼓这样淳朴的风俗依然保留着。今后如果还能在月色下出游，我一定拄着拐杖再次敲门。

◎ 长歌行 ◎

汉乐府

青青园中葵，朝露待日晞。

阳春布德泽，万物生光辉。

常恐秋节至，焜黄华叶衰。

百川东到海，何时复西归？

少壮不努力，老大徒伤悲！

扫读

点读

◎ 葵，蔬菜名，中国古代重要蔬菜之一。　　◎ 朝露，清晨的露水。

◎ 晞（xī），天亮，引申为阳光照耀。

◎ 阳春是露水和阳光都充足的时候，露水和阳光都是植物所需要的，是大自然的恩惠，即"德泽"。

◎ 布，布施，给予。　　◎ 秋节，秋季。　　◎ 焜（kūn）黄，形容草木凋落枯黄的样子。华同"花"。

◎ 衰，shuāi，旧时读 cuī。　　◎ 少壮，年轻力壮，指青少年时代。　　◎ 徒，白白地。

　　此诗是汉乐府中的一首，意在警醒人们珍惜时光。全诗写了两个季节，前四句描绘春意盎然的早晨，园中的葵菜郁郁葱葱，晶莹的露珠等待阳光照耀；春天给大地带来阳光和雨露，万物焕发出勃勃生机。转眼秋天到，草木失去鲜艳的光泽，枯黄衰落。大江大河东流入海不回头，万物由盛到衰，人也从少年到老年。年少时不珍惜时光、不好好努力的话，到老的时候就只能白白地悲伤了。

◎ 过故人庄 ◎

〔唐〕孟浩然

故人具鸡黍，邀我至田家。

绿树村边合，青山郭外斜。

开轩面场圃，把酒话桑麻。

待到重阳日，还来就菊花。

扫读　　点读

◎ 具，准备，置办。　　◎ 鸡黍（shǔ），鸡和黄米饭，指农家待客的丰盛饭食。黄米，古代认为是上等的粮食。

◎ 合，环绕。　　◎ 郭，古代城墙有内外两重，内为城，外为郭。这里指村庄的外墙。

◎ 斜，倾斜。　　◎ 轩，窗户。　　◎ 场圃（pǔ），场，打谷场、稻场；圃，菜园。

◎ 把酒，端着酒具，指饮酒。　　◎ 话桑麻，闲谈农事。桑麻，桑树和麻。这里泛指庄稼。

◎ 重阳日，指九月初九。古人在这一天有登高、饮菊花酒的习俗。

◎ 还（huán），返，来。　　◎ 就菊花，指饮菊花酒，也是赏菊的意思。就，靠近，指去做某事。

　　文字朴素，意味无穷，这是孟诗给人的感受。日记式的开头，老朋友请我去做客，鸡和上等的黄米饭让人感受到扑面而来的热情。村边绿树环抱，村外青山相伴。推开窗户面对打谷场和菜圃，举杯饮酒闲谈庄稼情况。诗人陶醉其中，忍不住说：等到明年的重阳节，我还要再来赏菊花。

春夜喜雨

〔唐〕杜甫

好雨知时节，当春乃发生。

随风潜入夜，润物细无声。

野径云俱黑，江船火独明。

晓看红湿处，花重锦官城。

扫读

点读

◎ 潜 (qián)，暗中，悄悄地。　　◎ 野径，田野间的小路。　　◎ 晓，天刚亮的时候。红湿处，雨水打湿的花丛。
◎ 花重 (zhòng)，花因为饱含雨水而显得沉重。

　　杜甫一生颠沛流离，晚年定居成都，平日里过着耕作、种花的农人生活，对雨的感情自然很深。好雨像知道被需要一样，伴随着春风在夜晚悄悄降临，无声地滋润着万物。乌云笼罩田野间的小路，天地一片昏暗，唯有远处江边的渔船上还有一丝光亮。等天亮的时候，湿润的泥土上必定布满红色的花瓣，噙满水珠的鲜花将点缀整个成都。

赋得古原草送别

〔唐〕白居易

离离原上草，一岁一枯荣。

野火烧不尽，春风吹又生。

远芳侵古道，晴翠接荒城。

又送王孙去，萋萋满别情。

扫读　　　点读

◎ 离离，青草茂盛的样子。　◎ 枯，枯萎。荣，茂盛。　◎ 远芳，草香远播。芳，指野草浓郁的香气。

◎ 侵（qīn），侵占，长满。　◎ 晴翠，草原明丽翠绿。　◎ 王孙，本指贵族后代，此指远方的友人。

◎ 萋（qī）萋，形容草木长得茂盛的样子。

　　此诗是白居易十六岁应考时而作，也是他的成名作。凡考试指定的题目，应答时前面需加"赋得"二字。题目中的"送别"二字表明此诗是送别诗，看似写草，其实是借茂盛的草木表达依依惜别之情。

◎ 饮 酒 ◎

〔晋〕陶渊明

结庐在人境，而无车马喧。

问君何能尔？心远地自偏。

采菊东篱下，悠然见南山。

山气日夕佳，飞鸟相与还。

此中有真意，欲辨已忘言。

扫读　　点读

◎ 结庐，建造房舍。庐，简陋的房屋。　　◎ 人境，喧嚣扰攘的尘世。　　◎ 尔，如此，这样。

◎ 悠然，闲适淡泊的样子。　　◎ 山气，山间的云气。　　◎ 日夕，傍晚。

　　东晋诗人陶渊明年轻时满怀报国之志，但时局混乱，官场腐败，耿直的他不愿卑躬屈膝，"不为五斗米折腰"，遂淡出官场，归隐田园。他一边写作一边劳动，尽管农田受灾，房屋被烧，却始终不肯接受官府的接济，在贫病交加中离开人世，是一位真隐士。诗人在此诗中构筑了一个理想的居所：将房屋建造在人来人往的地方，却不会受到世俗的打扰。问我为什么能这样，只要心志高远，自然就会觉得僻静了。在东篱之下采摘菊花，悠然间，那远处的南山映入眼帘。傍晚时分南山景致甚佳，雾气峰间缭绕，飞鸟结伴而还。这里面蕴含着人生的真正意义，想要辨识，却不知怎样表达。

天净沙·秋思

〔元〕马致远

枯藤老树昏鸦，

小桥流水人家，

古道西风瘦马。

夕阳西下，

断肠人在天涯。

扫读

点读

◎ 昏鸦，黄昏时将要回巢的乌鸦。　　◎ 断肠，形容悲伤到极点。　　◎ 天涯，天边，指远离家乡的地方。

　　马致远，"元曲四大家"之一，曾短期为官，五十岁左右告别官场，开始杂剧创作。此曲被誉为"秋思之祖"。寥寥数语营造出一种情景交融、意境深远的游子秋日行旅图，枯藤、老树、昏鸦、古道、夕阳，这些意象似电影镜头，极具画面感。

◦ 赤 壁 ◦

〔唐〕杜牧

折戟沉沙铁未销，

自将磨洗认前朝。

东风不与周郎便，

铜雀春深锁二乔。

扫读　　　点读

◎ 赤壁，在今湖北赤壁市西北长江南岸。公元 208 年，孙权和刘备联合在此击败曹操大军。诗中所写的赤壁，实为黄州（今属湖北）的赤鼻矶，也叫赤壁矶，作者借相同的地名抒发感慨。

◎ 戟（jǐ），古代兵器。　　◎ 将，拿，取。　　◎ 认前朝，辨认出是前朝遗物。前朝，这里指赤壁之战的时代。

◎ 周郎，即周瑜，东汉末年孙策、孙权手下的重要将领，他曾利用东风之势火烧赤壁，大败曹军。

◎ 铜雀，即铜雀台，曹操建于邺城（今河北临漳西），因楼顶铸有大铜雀而得名。

◎ 二乔，即江东乔公的两个女儿大乔、小乔。大乔嫁孙策，小乔嫁周瑜。

　　杜牧为唐朝宰相杜佑之孙，与李商隐合称"小李杜"。杜牧曾在黄州任职，游赤壁矶时，诗人发现泥沙里埋着一枚生锈的兵器断戟，洗刷之后发现这是当年赤壁之战的遗留物。如果当年东风不给周瑜提供便利，恐怕结局要改写，曹操取胜，那孙策、周瑜美丽的夫人大乔和小乔，就会被曹操关进自己的铜雀台了。

◎ 如梦令 ◎

〔宋〕李清照

昨夜雨疏风骤，浓睡不消残酒。

试问卷帘人，却道海棠依旧。

知否，知否？应是绿肥红瘦。

扫读　　　点读

　　李清照是南宋著名女词人，父亲李格非是著名学者，丈夫赵明诚是金石考据家。金人入侵中原后，李清照开始了颠沛流离的流亡生活。词中写道，昨天雨大风猛，喝了酒，睡了一大觉还有些酒意。晕晕乎乎间，问门口的丫头，外面的海棠花如何了？她却说，还与往常一样。唉，迷糊的姑娘啊，知道吗？应该是花瘦叶肥了。春季是海棠花开的时节，一起去看海棠吧，看看是绿肥红瘦，还是红肥绿瘦。

破阵子·为陈同甫赋壮词以寄之

〔宋〕辛弃疾

醉里挑灯看剑，梦回吹角连营。

八百里分麾下炙，五十弦翻塞外声。

沙场秋点兵。

马作的卢飞快，弓如霹雳弦惊。

了却君王天下事，赢得生前身后名。

可怜白发生！

扫读

点读

◎ 八百里分麾（huī）下炙（zhì），把烤牛肉分给部下享用。麾下，军旗下面，指部下。炙，烤肉。

◎ 的（dí）卢，额部有白色斑点的马。　　　◎ 霹雳，这里指射箭时弓弦的声音。

　　辛弃疾和苏轼都是宋词豪放派的代表人物，二者合称"苏辛"。 辛弃疾幼年生活在金人的统治下，饱受战火之苦，一心想收复家乡。二十一岁时参加抗金起义，曾带领几名强将深入敌营勇捕叛贼张安国，并一路押送至杭州。后在南宋任职，但他的抗金主张并未被统治者采纳，闲居近二十年。

　　陈同甫，辛弃疾的好朋友，两人志同道合，经常书信往来，这首词是写给陈同甫的。醉梦里挑亮油灯观看宝剑，恍惚间又回到了当年，军营里接连不断地响起号角声。把烤好的牛肉分给部下，奏起雄壮的军乐鼓舞士气。秋天在战场上阅兵。战马像的卢马一样跑得飞快，弓箭离弦像惊雷一样震耳。我一心想替君王完成收复国家失地的大业，取得世代相传的美名。一梦醒来，可惜已是白发人！

◎ 关雎 ◎

佚名

关关雎鸠，在河之洲。

窈窕淑女，君子好逑。

参差荇菜，左右流之。

窈窕淑女，寤寐求之。

求之不得，寤寐思服。

悠哉悠哉，辗转反侧。

参差荇菜，左右采之。

窈窕淑女，琴瑟友之。

参差荇菜，左右芼之。

窈窕淑女，钟鼓乐之。

扫读

点读

◎ 关关雎鸠（jū jiū），雎鸠鸟不停地鸣叫。雎鸠，一种水鸟，一般认为就是鱼鹰，传说它们雌雄形影不离。

◎ 洲，水中的陆地。

◎ 窈窕（yǎo tiǎo），文静美好的样子。　　◎ 淑女，善良美好的女子。

◎ 好逑（hǎo qiú），好的配偶。逑，配偶。　　◎ 寤寐（wù mèi），这里指日日夜夜。寤，醒时。寐，睡时。

《诗经》是我国最早的一部诗歌总集，收录了从西周到春秋时期的诗歌 305 篇。《关雎》是《诗经》开篇之作，以雎鸠和荇菜作比，写出了喜欢一位窈窕淑女而日夜思念的心情。

清平乐·村居

〔宋〕辛弃疾

茅檐低小，溪上青青草。醉里吴音相媚好，白发谁家翁媪？　　大儿锄豆溪东，中儿正织鸡笼。最喜小儿亡赖，溪头卧剥莲蓬。

扫读　　点读

◎吴音，吴地的方言。作者当时闲居带湖（今属江西），此地古代属吴地，故称这一带的方言为吴音。
◎相媚好，指相互逗趣、取乐。　　◎翁媪（ǎo），老翁、老妇。　　◎锄豆，锄掉豆田里的草。
◎织，编织。　　◎亡（wú）赖，这里指小孩顽皮、淘气。亡，同"无"。

　　辛弃疾一生主张抗金，但从四十三岁起再没有得到重用，闲居带湖期间，创作了不少表现田园生活的作品，《村居》是其中之一。茅草屋檐低小，溪边满是青草，那是谁家满头白发的老夫妇，说着吴地方言相互逗趣，温柔美好。三个儿子也没闲着：大儿子在锄草，二儿子正编鸡笼，最顽皮的小儿子悠闲地趴在溪边草丛里，剥着刚摘下的莲蓬。一幅闲适清新的乡村图画跃然纸上。

◎ 青玉案·元夕 ◎

〔宋〕辛弃疾

东风夜放花千树，更吹落、星如雨。宝马雕车香满路。凤箫声动，玉壶光转，一夜鱼龙舞。　　蛾儿雪柳黄金缕，笑语盈盈暗香去。众里寻他千百度。蓦然回首，那人却在，灯火阑珊处。

扫读

点读

◎ 青玉案，词牌名。　　◎ 元夕，正月十五为上元节、元宵节，此夜称元夕或元夜。
◎ 花千树，花灯之多如千树开花。　　◎ 星如雨，指焰火纷纷，乱落如雨。星，指焰火。形容满天的烟花。
◎ 宝马雕车，豪华的马车。　　◎ 凤箫声动，指用笙、箫等乐器演奏。凤箫，箫的美称。

◎ 玉壶，比喻明月。也可解释为灯。　　◎ 鱼龙舞，指舞动鱼形、龙形的彩灯，如鱼龙闹海一样。

◎ 蛾儿、雪柳、黄金缕，皆为古代妇女元宵节时头上佩戴的各种装饰品。这里指盛装的妇女。

◎ 盈盈，声音轻盈悦耳，亦指仪态娇美的样子。　　◎ 暗香，本指花香，此处指女子身上散发出来的香气。

◎ 他，泛指第三人称，古时也包括"她"。　　◎ 千百度，千百遍。

◎ 蓦然，突然，猛然。　　◎ 阑珊，零落稀疏的样子。

　　这首词描绘了元宵之夜的景象。焰火像千树繁花绽放，又如雨般坠落。豪华的马车一路飘香，悠扬的凤箫声四处回荡，玉壶般的明月渐渐西斜，一夜舞动鱼灯、龙灯不停歇。佩戴华丽饰品的美人儿，笑语盈盈地随人群走过，只留衣香。我在人群中寻找她千百回，猛然回头，不经意间发现她在灯火零落处。

◎ 定风波 ◎

〔宋〕苏轼

莫听穿林打叶声，何妨吟啸且徐行。竹杖芒鞋轻胜马，谁怕？一蓑烟雨任平生。　　料峭春风吹酒醒，微冷，山头斜照却相迎。回首向来萧瑟处，归去，也无风雨也无晴。

扫读　　点读

◎吟啸，高声吟咏。　　◎料峭，指天气微寒。　　◎萧瑟，指风雨吹打树木的声音。

　　苏轼在被贬至黄州(今属湖北)后作此词。在黄州期间，他完成了《赤壁赋》《后赤壁赋》《念奴娇·赤壁怀古》等千古名篇，还带领家人开垦了一片坡地，由此而得名东坡居士。
　　苏轼与朋友春日出行，突遇风雨，同行人觉得很狼狈，苏轼却毫不在乎。不用听那穿林打叶的雨声，放开喉咙吟唱从容而行。竹杖和草鞋轻捷得胜过骑马，有什么可怕的？一身蓑衣任凭风吹雨打，照样过一生。春风吹醒我的酒意，微微有些冷，初晴的斜阳却应时相迎。回望来时路，我信步归去，管他是风雨还是放晴。

◎ 江城子·密州出猎 ◎

〔宋〕苏轼

老夫聊发少年狂，左牵黄，右擎苍，锦帽貂裘，千骑卷平冈。为报倾城随太守，亲射虎，看孙郎。　　酒酣胸胆尚开张，鬓微霜，又何妨？持节云中，何日遣冯唐？会挽雕弓如满月，西北望，射天狼。

扫读　　点读

◎ 黄，黄犬。　　◎ 苍，苍鹰。　　◎ 孙郎，指孙权。这里指作者自喻。
◎ 鬓微霜，鬓角稍白。　　◎ 天狼，这里喻指侵扰西北边境的西夏军队。

　　苏轼在文学、书法、绘画上皆造诣颇深，和父亲苏洵、弟弟苏辙合称"三苏"，在我国文学史上有重要地位。一生曾任八州知府，密州（今山东诸城）是八州之一，这首词记录了他出密州城围猎的情景，尽显豪放之情。

　　我虽年老（时年四十岁左右）却兴起少年狂热，搭好打猎的架势：左手牵着黄犬，右手举起苍鹰。戴上华丽帽穿好貂皮裘，率领随从千骑席卷山冈。为了报答全城的人跟随我出猎的盛意，看我像孙权一样亲自射杀猛虎。我痛饮美酒，心胸开阔，两鬓白发犹如微霜，这又有何妨？不知什么时候朝廷会派人传命于我，像汉文帝派遣冯唐去赦免魏尚一样。那时我将使尽力气拉满雕弓，朝着西北侵敌奋勇射杀。